# 1949-1978

# 単調な空間

北園克衛

思潮社

Fleur du mal

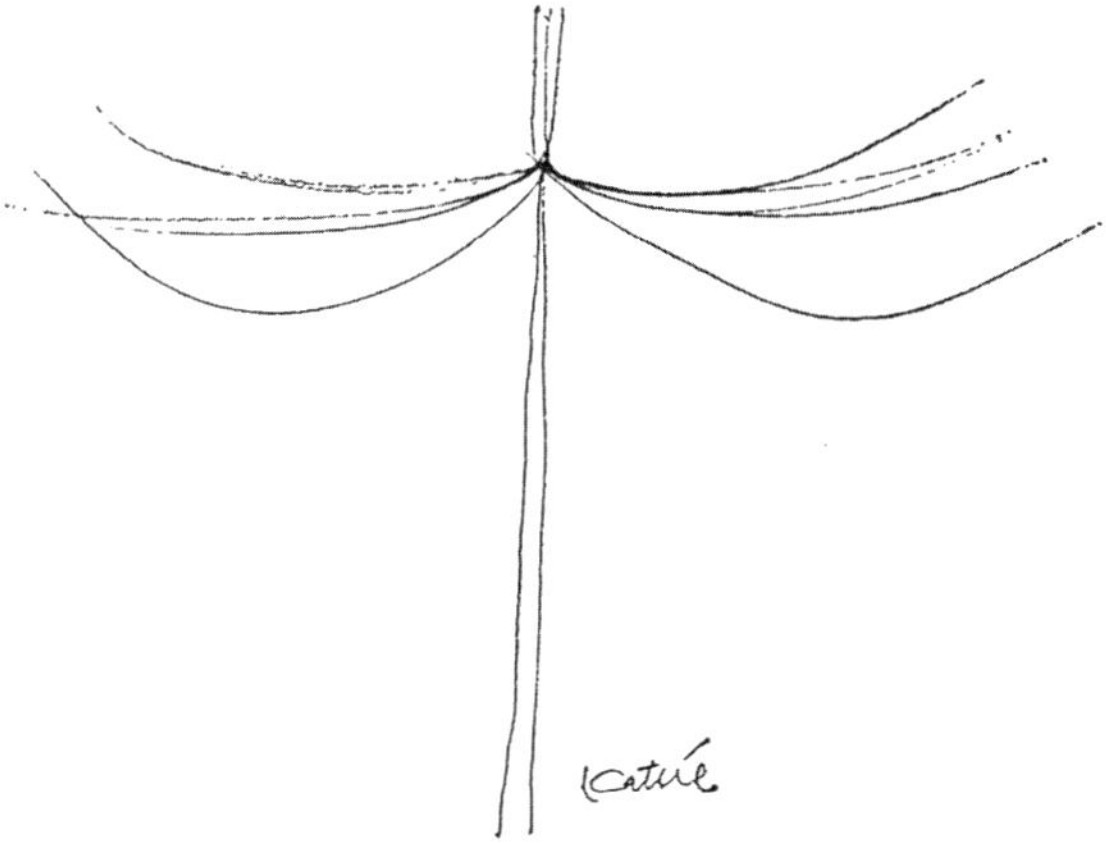

# 単調な空間

北園克衛

単調な空間　目次

## 夜の要素

骨
その絶望
の
砂
の
把手

穴
のある
石
の胸
あるひは穴

のある
石
の腕
偶像
の
夜
にささへられ
た孤独
の口
の
骨
ひとつ
の

眼へ
の
ひとつの
亀
の
智慧

あるひは
肥えた穴
のなか
の
恋
の
永遠
を拒絶

する
恋へ
の
図形

憂愁
の
泥
の
夢
をやぶる
恋人
の
陰毛
の

夜の環

その暗黒の幻影の火の繭

その幻影

の
死
の
陶酔
の
黒い砂
あるひは
その
黒い陶酔
の
骨の把手

# 死と蝙蝠傘の詩

星
その黒い憂愁
の骨
の薔薇

五月
の夜
は雨すら
黒い

壁
は壁のため

の影
にうつり

死
の
泡だつ円錐
の襞

その
湿つた孤独
の
黒い翼

あるひは
黒い

爪

のある髭の偶像

2

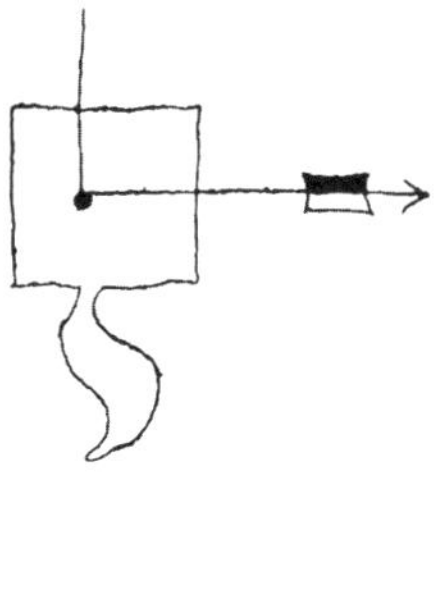

黒い肖像

絶望
の
火酒
の
紫
の
髭

あるひは
骨
の
籠

のなか
の
影
の
卵

の
死
の
亀
の
夜
の
距離

孤独

は
黒
い
雨
に濡れ
て
梯子
の
形
に腐っていく

その
壁
そ
の

脆い
円錐
の
孤独
の
部分

Ou une Solitude

硝子
のなか
のガラス

その
曲線
のなか
の
憂愁
の
貝

ひとつの
茎
のうへ
の
風

悲劇
の
皿
のため
の
皿

ひとつの星
は破れ

ひとつ
の
星
は去る

紫
の
黄
の
花環
のため
に
紫
の
黄

の
花環らがある
ひとつ
の
星
は去り
ひとつ
の
星
は泪して坐る

## 影の空間

黄いろと黒
の縞のある物体が金網のむこう
にゆれている
日
鉛の角錐をひつかいている
一本の釘
それは赤い

そして円筒にひつかかつている
いちまいのシァツは
針金にもたれて水を飲んでいる
肥えた時間

にも
蒸発している

二十七頁
new world of space
ワインいろの眼鏡をかけて
きやたつの傍でブリキの断片と
羽毛によつてひろがる

それから
ペンデュラムパタァンに
固い背中
に穴のあるすべすべした三分間
がくる

若い園丁
の雲のかたちは
胡桃の葉らにカリマコスの影
をつくり
またスゥスエルス
の回想の絹
のコイルを日没の驟雨のなかに光らせる

そしてまた壁
廻転運動
時計
のなかの帽子
溶ける車輪
にかたむく夢のアンブレラ
石膏の

把手の

枢機官よ
枢機官よ

そのこたえはいつもゼロ
あるいは扉
または双曲線である

こうして
石鹸はねじれ
影
はげきれつに跳ねかえり
つめたく破裂してしまう空間

## カバンの中の月夜

1

夜のガラスをひらき
いちまいの緑のハンカチィフのなかに
消えてしまう
お前
のタンブラァ

青いキャバレェでは
リキユゥルの星
が睡い眼をして誘いにくる

ボンボンにも柘榴石にも
夜がすぎていき
きのうも
あすもない手に破れていく
ジャスマンの薫り

非常に青いガラス
の上に
ほとんどエロチックといえるほどの
純粋な円錐
を想像する

美しいセニオラ
黄いろいドット
のなかで

ガラスの椅子を砕いている
お前
の際限もない純粋

2

透明な三角
のガラス
と黄いろいリボン
そしていちまいの白い紙
が
純粋
な時間のすべてだ

透明な曲線にかこまれて
砂の上に光つている
貝殻
の
白い距離

金髪
の薔薇の
砂
の皿
の
またあるいは
太陽
のガラス
の紫

の肖像の

青い空間にみとれながら
レモンをよぎり
完全
な卵
の影
の固いトォンを
ほんのすこし憎んでいる
お前
の純粋
な縞のある憂愁

白いレトリック

貝
その緑
のラベルが消えていく
距離
幻影
の
手
の黒いドット

ナイロン
の

破片
のなかの黄いろい病気

直線
の真昼
をよぎる
固い声

の
エテルニテ
の
破れ

重さ
のなか

の青いリボン
の死

ほとんど
白
の完全
の空間

に向う
孤独
の
藁の頸のために

ぼく
または

パイプ
あるいは帽子
また
あるいは
夢
の破裂
非常
な
水
の曲線
の
ための

砂
の縞

について
動いている
ガラス的
の髭

と
悲劇
の
旗と

それから
また

それへ
空間が青くなり　白くなる

曲線的なアルゴ

円筒のなか
のガラス
を廻わす風
のポマァド

海

の上
の白いピアノ
の火災
紫の髭
のある日曜日
または

砂
の鞭
の影

黄いろい曲線
について
寝室を動かしている
misanthrope
の疲れ

夢はしだいに
白くなり
円錐
のガラスのなかに
巻きこまれていく真昼

のリボン

貝殻
のなか
の月
のパァスペクティヴ
と孤独
の水
の線
青い縞
のある空間
のため
の白いタンクの球体
をならべる
Poésie en ZaZa のカバン

と
影
の影
と
針
と

ぼく
はひとつのガラス
である
灰の椅子
の上
の黄いろい magie であるかどうか

それは
ひとつの青い薬
であるかどうか
ガラス
のなか
の赤いガラスであるかどうか

それはインク
のなか
の颶風であるかどうか
沙漠
の寝台
の上
のビイル瓶
の熟睡的であるかどうかである

# シガレットの秘密

聡明な緑の壁にそつて
紫
の縞のある夢
の肖像がならんでいる
夜
の流行
の
水のなかの孤独
の直線
を引く
菫的の
星的のガラス

の破れ

憂愁
の
黄いろい影ら
のなか
の夢
の口髭ら
のため
の
非常に平面的
な砂
の手袋
あるいはパピエ

または
菫的
の星的
のため
のガラスを揺る
白鳥
の
虹
の
リボン
の円錐

孤独な夢
のガラス
の上

に
消えていく沙漠
の真昼
菫的
の
星的
の
雨の花束

わずかに純白のテラス
に坐つていて
永遠
と
ベゴニア
の海のため

に眼鏡をかけて
いる
ぼく
の
無限に割れていく
夜
の
風景

## DE SABLE

砂
また
砂

風が鋭く夜を刺す
ヴェルフリン
の生活

彼の黒い革の手套
黒いパイプ

流れる砂のように

ではなく
無花果にふるベツレェムの雨
のように
ではなく

幻影の岩

巨大な髭の空虚

ヴェルフリンよ
その

その砂のように
ではなく

砂

また

夜のバガテル

この
夜のなかに
ひとつの凪
と風
の谷間
をすぎていく

この
僕
の黄金を囲繞する
暗黒のアブソリュウト

消えていく水
と
瑪瑙
と

そしてあの
針
のなか
の火の颶風

羽毛よ
それは

ただ
それまで

## 消えていくオブジエ

1

かつて永遠の緑
があった
それから razor
が
あった

青い月
がわれる

2

魔法壜

の上
の薔薇
の
風ら

ロココ
の夜
の
風ら

そして

3
それから
また

黒い夢
の夜
の
化粧する影
の
指
の
星ら

4

マルブルら
幻影ら
水の水ら

ガラス
の上
の
甘いギタラ

砂
の
砂ら

5

その

または
そして

# 稀薄なヴァイオリン

かつて
そこに
破れ
ていた風
の円筒
のように
ではなく
かつて
そこに
見え
ていた
貝殻

北園克衛
単調な空間
1949-1978

# 白い孤独の白い装置

金澤一志

一行に一字か二字、「の」というひらがなに支えられた文字が大きな余白に浮かぶ水平線として詩が進行する。はじめて詩集『黒い火』を手にした人は驚いたことだろう。だが線のような進行だけではなく、読めば読むほど『黒い火』の詩篇は謎にみちている。

骨・胸・腕・肥と「月」を含んだ漢字が目をひく「夜の要素」、「壁」から「襞」に至る連をもつ「死と蝙蝠傘の詩」、「黒い肖像」では「紫／の／髭」という一節で対照される「比」の形象、またこの詩は表題を含めて計算すると用いられたかなと漢字が同数になっている。仕掛けの真偽は不明だが北園克衛の戦後は形象と構造への強力なこだわりから始まった。「の」による分断と接続の交錯がつくりだすリズムは、後年の詩全般におよぶ連続と不連続の葛藤それ自体を構造とするコンセプチュアルなテクストワークに発展する。

抽象をバランスよくおさめた「曲線的なアルゴ」や美しい余韻を残す「夜のバガテル」、不思議な音律に遊ぶ「消えていくオブジエ」など一九五〇年代に特有の暗い抒情を背景にしたがえて浮遊する詩群は孤独の憂いにあふれ、消失を目的とするかと思われるほどに虚ろでモータルな後味を残す。スタイリストとしての北園克衛はこの時期に完成されたとみるべきだが、それならば「メシアンの煙草」をひとつの到達としていいだろう。絵に描くことが不可能な事物の意外な組み合わせは『黒い火』以降に錬成をかさねた北園克衛の詩を印象づける見せ場であり、五〇年代の豊穣を導いたのはそうした効果的な不調和の選択というパラドクスの探求だったはずだ。しかし「メシアンの煙草」には不調和なのかどうかを判断する手がかりさえない。伝えかけの情景が置き去りにされた空間はたしかにあるのだろうが実体は見えず、進行もあやふやにごまかされている。これは注意深く意味伝達を排除した反詩であり不能の詩である。詩集『ガラスの口髭』の最後尾に置かれた「メシアンの煙草」は、精力的に取り組んできた戦後の言語実験に一応の区切りをつけることを表明してもいた。

　ブラジルからの依頼によって制作された「単調な空間」はカジミール・マレーヴィチの絵画タイトルから着想したもので、左右対象性が強い漢字を選び、字の濃淡を意識しながら配列したパターンポエトリーとして知られ、北園克衛の代表作に挙げられる。表意文字を使用する文化圏からのコンクリートポエトリー参戦は重大なトピックであり「単調な空間」は世界各国で紹介されることになるが、日本国内ではほぼ無反応だった。むしろ色とかたちばかりで内容空疎、意味不明な詩を書く異端とされて現代詩からの連帯を失うことになる。たしかに詩に日常の記録や社会的なメッセージを期待する読者にはこのような詩は、あるいは北園克衛の存在は受け入れがたいものだったろう。だが徹底した美学が烈しい意思表明であることも思い起こすべきである。

　詩的効果を言語外のグラフィックに期待し、写真イメージを詩作品として提示した「プラスティック・ポエム」も海外では一定の評価を得たものの国内で論じられる機会はなく、評価は没後を待たなければならなかった。しかし個人的なプリンシプルにのみ忠誠を誓う詩人にすれば、そんな孤絶も気にすることではなかったはずだ。もうペンはいらないと言い放った「プラスティック・ポエム」の表明が宣言ゆえの誇張と受けとられても、ほぼ同時に刊行された詩集『空気の箱』では言語空間そのものの転覆までをほのめかせて、実験家の矜持を最後まで守り通した。

　遊戯にもみえる形象と構造への執着を北園克衛の詩のあちらこちらに発見することは雑作もない。しかしそうした傾向にとらわれて、たとえば白い四角や青の三角を無感情、無機質と捉えるのはあまりに鈍感だ。色やかたち、そしてそれらの状態を組み合わせることで現在形のリアルな抒情を受け入れる汎用装置を設計すること、北園克衛が生涯をかけた実験の総体とは、そんな冒険譚だったように思える。

北園克衛　単調な空間　栞　／　思潮社　2024・6

のかたちをしていた
声

のように
ではなく

薔薇
やヘリオトロオプや
白檀
の
香の
消えていく
かすかな距離

または

レモンの絹の木の影の海のガラス
の寝室
の眼
のプリズムや
孤独
のピラミッド

紫
の疲れ

そして
また
砂
消えていく
の

街

## メシアンの煙草

### 1

それはすばやく
破れて
いった

あの
無限に
脆い
壁
の

と
いう風
の
緑

水
の
オルソドックス
の

と
いう結晶
の
環

非常
に
黒い貝
のように

と
いう立体
の
固いヴィジョン

の
と
直角
の

と
いう砂
の
縞

2

の
それ
はすばやく
黄いろい

平面
の

なか
の
ガラス

の影
の
ように

と
腕
の
破片

に
ついて

強烈
に

なにか
の
紙
の

と

3

青いトリゴノメトリック
の
頸

と

直角
の
真昼
の

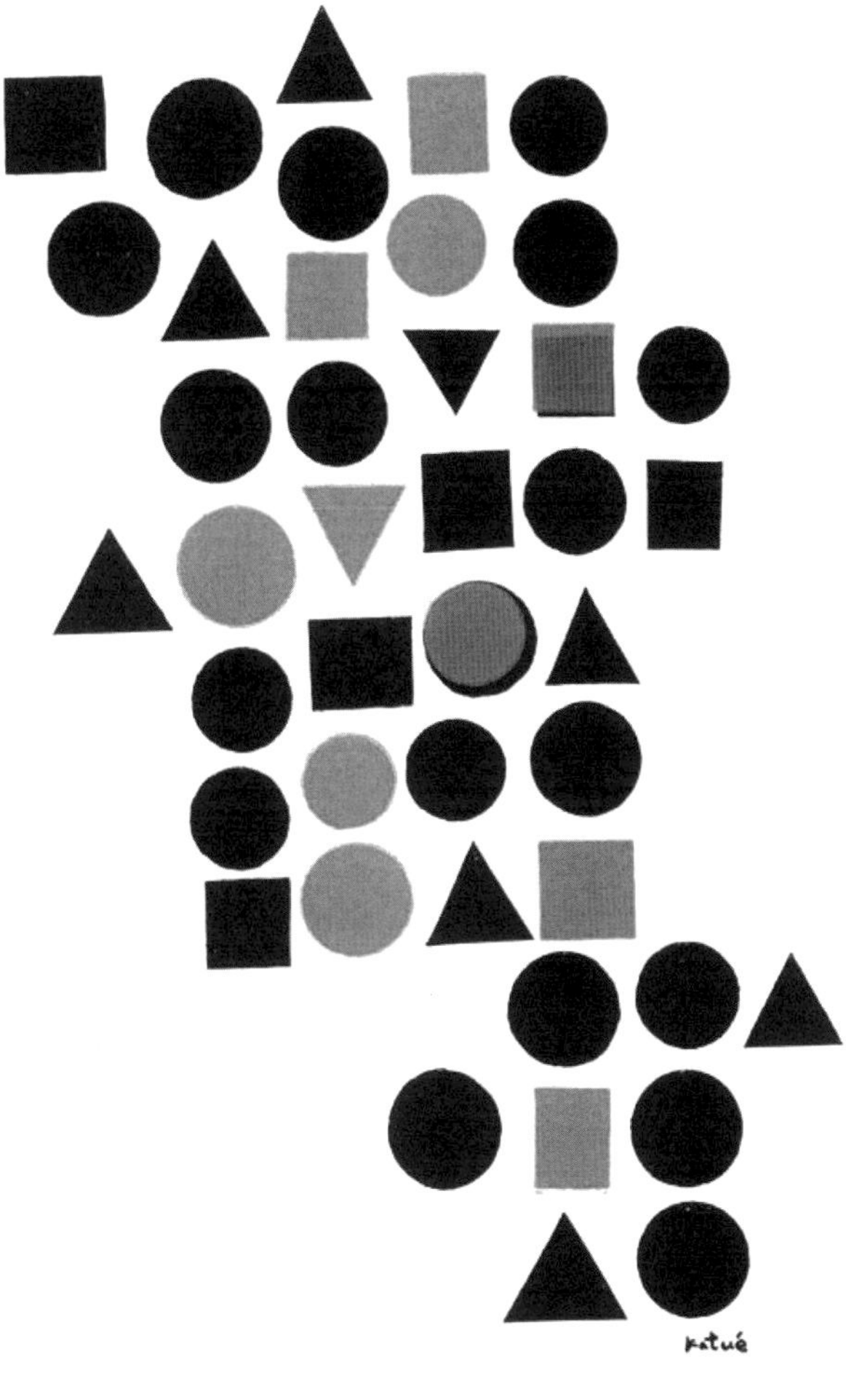
Katué

重い仮説

紫の環
のなか
の黒いパイプ
それは
孤独
の
重い夜である
黄いろい三角
のなか
の黒い電話

それは
憂愁
の
重い雨である

白い円筒
のなか
の黒い鏡

それは
幻影
の
重い星である

青い四角
のなか
の黒い寡婦

それは
永遠
の
重い菫である

## 白い装置

白い四角
のなか
の白い樹木は
白い
孤独の白い樹木である

白い円形
のなか
の白い果実は
白い
孤独の白い果実である

白い三角
のなか
の白いパイプは
白い
孤独の白いパイプである

白い縞
のなか
の白い風は
白い
孤独の白い風である

白い鏡
のなか
の白いシヤンソンは

白い
孤独の白いシャンソンである

白い宝石
のなか
の白い夜は
白い
孤独の白い夜である

白い画廊
のなか
の白い俳優は
白い
孤独の白い俳優である

白いガラス
のなか
の白い星は
白い
孤独の白い星である

白い手紙
のなか
の白い雨は
白い
孤独の白い雨である

白い時計
のなか
の白い菫は

白い
孤独の白い菫である

白いカメラ
のなか
の白い孤独は
白い
孤独の白い孤独である

# 煙の形而上学

黒
は点
である
それは
塩
の中の
サマルカンドの星である

白
は直線
である
それは

細ながい口髭
にからまれた
俳優のアンテナである

緑
は曲線
である
その
箱
のなかの重い風
の夢のトロンボン

黄
は三角
である

それは
太陽
の骨の夜
をすこし調節する

赤
は四角
である
その
海の牡牛
の上の
孤独の機械

青
は円

である
それは
人間
の絶対をやぶる
砂のアブサンである

## 単調な空間

### 1

白い四角
のなか
の白い四角
のなか
の黒い四角
のなか
の黒い四角
のなか
の黄いろい四角
のなか

の黄いろい四角
のなか
の白い四角
のなか
の白い四角

2

白
の中の白
の中の黒
の中の黒
の中の黄
の中の黄
の中の白

の中の白

3

青
の三角
の髭
の
ガラス

白
の三角
の馬
の
パラソル

黒
の三角
の煙
の
ビルディング

黄
の三角
の星
の
ハンカチイフ

4

白い四角
のなか
の白い四角
のなか
の白い四角
のなか
の白い四角
のなか
の白い四角

## optical poem

風の空間
のなかの
のなかの
風の時間

の
なか
の

風

の
円卓
の
上の
ガラス
の
破裂

青い円筒

1

トロンボォンのひと吹き

黒い箱

月が登る

銀いろの巨大な円錐
の上
の黄いろいアンブレラ

8人の白い人間が
8人の青い人間と
8人の黒い人間について話している

鋭い金属音

2

空間

石油の帽子をかぶる人
アスピリンの煙草をくわえた青い四角

細ながい黒
または黄いろい点

青いながい髪の毛をもったオムレツ

コップのなかの手袋

砂のレモン

白

消えていく煙のナプキン

3

クラリネットの甘い旋律につれて「ピンクいろの乞食」という名の黒い縞の
ある巨大な円筒がしずかに廻っているそばで

黄いろいマスクの人間が緑いろの豚の背中をハンマァで叩いている

ブリキを叩く音

空間

4

赤い扉が開く黄いろい扉がある
黄いろい扉が開く白い扉がある
白い扉が開く青い扉がある
青い扉が開く黒い扉がある

黒い扉がひらく

青い地平線

青い砂のなかから黒い円筒がせり出す
黒い円筒のそばで３人の男が３枚の新聞紙をひろげて３つの椅子に坐っている

そして

そしてそれはそれだけのものである

5

華麗なファンファレとともに黒い箱の蓋がひらく
黒い箱のなかから紫の煙があふれる

荒涼とした砂の地平線

ダイアナが砂のなかから上半身をせりだして黒い箱に矢を射る
すると大きな笑い声とともに煙が緑になりダイアナも箱も煙も消える
かすかなマラカスの音

閃光

ヘリオトロォプの匂い

コップの中のドラマ

強烈なブザァの音

青い閃光

強烈なジャングルスタカットの音につれて黒いマネキンが砂のなかからあらわれる

黒いマネキンの黒い首と黒い脚
黒いマネキンの黒い手が黒いピストルを発射する

遠くの方でガラスの砕ける音

穴のあいた巨大な青い箱が象徴的に落ちてくる
青い箱の穴から
黄いろい煙が哲学的にながれている

詩人の形に切り抜かれた新聞紙がピンクいろのアンブレラをさして空間を思
想的によぎっていく

1本のビィル瓶が街路に落ちてくる赤い手袋が落ちてくる黄いろいボォル箱
と自動車のタイヤァと寝台が落ちてくる
白いハイヒィルが落ちてくる

ラッサの月が唯物弁証法的に登る
いきなりブリキを叩く音

空間

非常に
ハイボォル的な空間

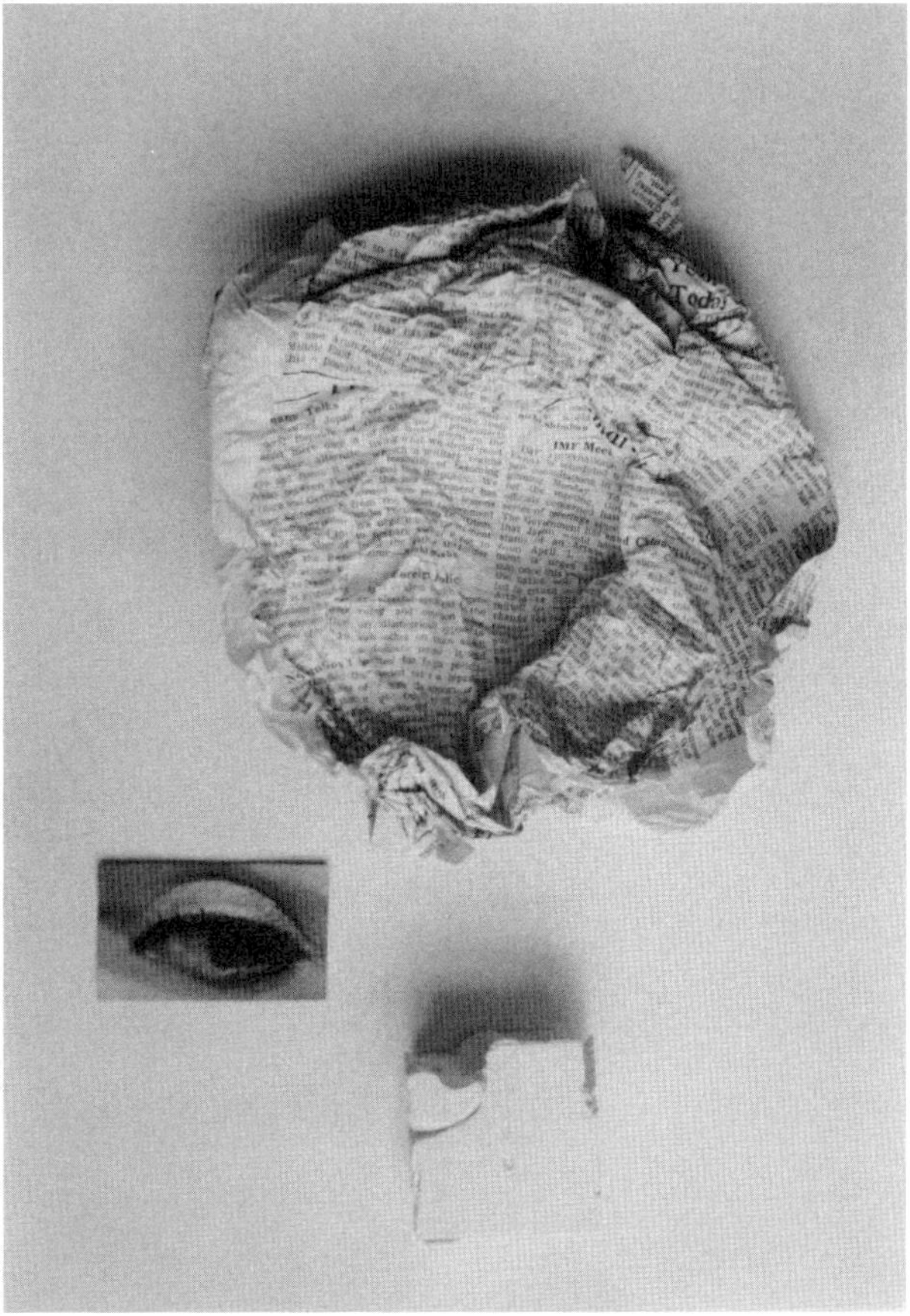

*portrait of a poet 1*

*plastic poem*

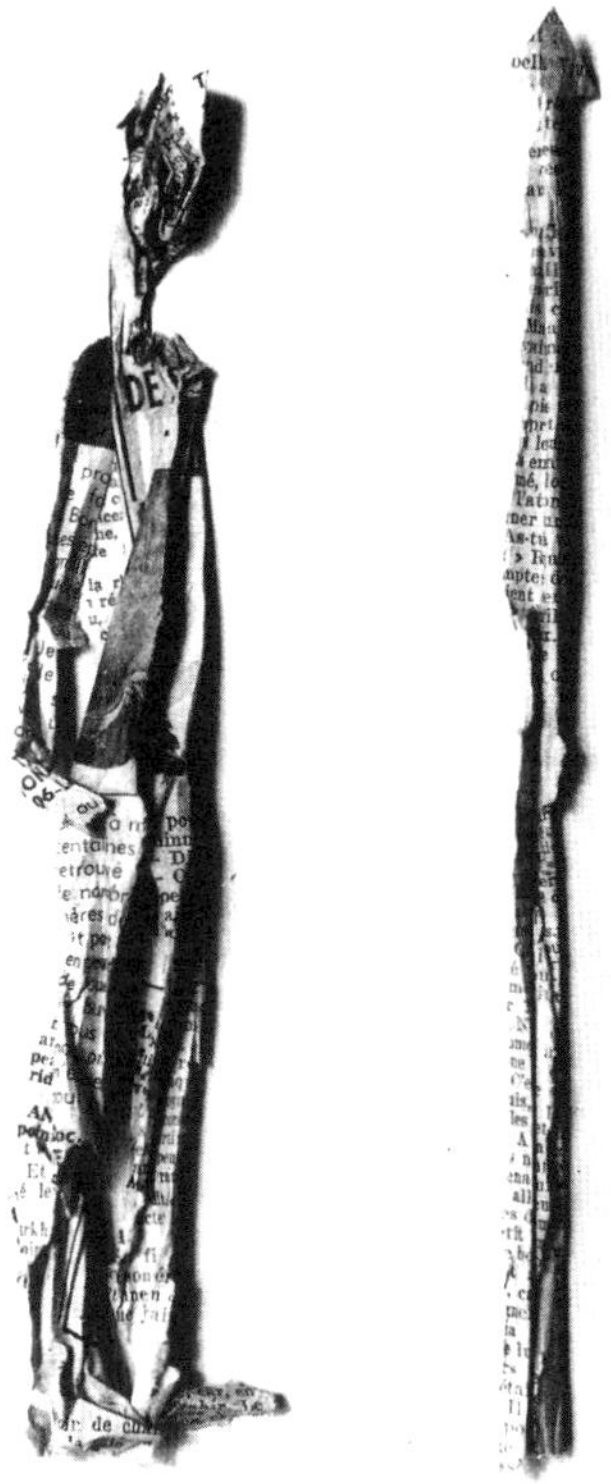

*untitled*

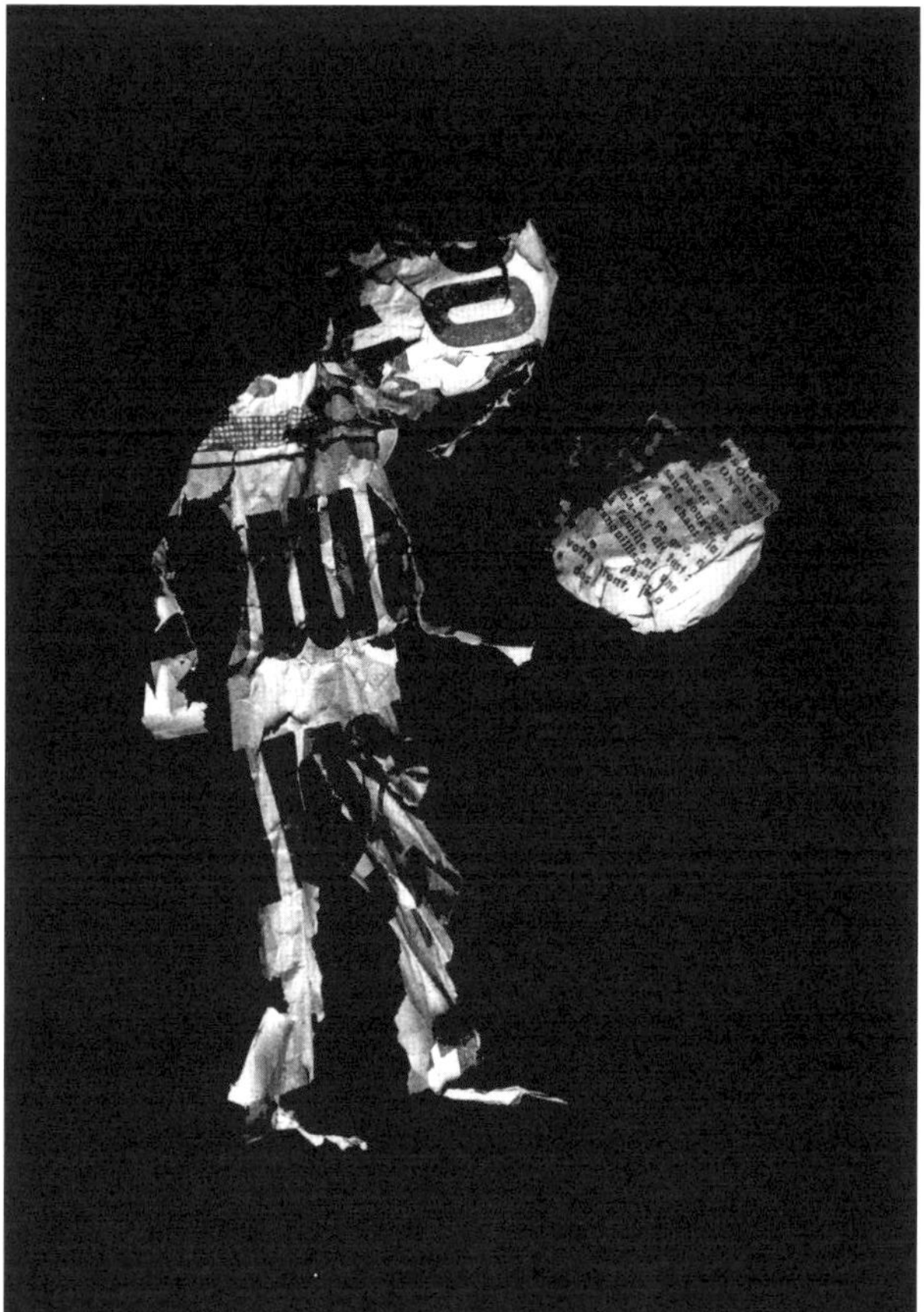

*night of figure*

## SF

モレ教授
のちいさい青い円筒
は
黄いろい
ちいさなメイ氏の三角
と
なんの関係もなかった

ある
寒い
ガラスのような透明な真昼
のこと

モレ教授の円筒
とメイ氏の三角が
アスファルトの広場のまんなかに
落ちていた

写真家のアルが
それを写真にとり
広場をよぎって帰っていった

それから
いきなり旋風が起こった

## funny collection

鉛筆
のなか
の直線の夜

消しゴム
のなか
の四角なニヒリスト

シガー
のなか
のトルコの真昼

手帖
のなか
の黄いろいアリバイ

紙マッチ
のなか
の魔法の指

カメラ
のなか
の廃墟

白
のなか
の白

## un hypnotique

ガラスの一片と
石膏のかけらがあった

それは黒いちいさい
四角な箱にはいっていた
そして
それはいきなり消えてしまった

# BLUE

いま
去っていく秋の
ブルーの風
の
なかに
いて

ジャコメッティの
青銅の彫像
の
ように

孤独
の
憂愁
の
直線
の
ブルーの長い影
を曳き
白とブルー
の
縞
にみちた
海

のブルー
を
見ている人の
細い背中
も
ブルーである

## 単調な空間　初出誌および収録詩集

| | | |
|---|---|---|
| 夜の要素 | VOU　三四号　一九五〇 | 黒い火　一九五一 |
| 死と蝙蝠傘の詩 | 日本未来派　三六号　一九五〇 | 黒い火　一九五一 |
| 黒い肖像 | 詩学　五巻九号　一九五〇 | 黒い火　一九五一 |
| Ou une Solitude | 詩学　六巻一号　一九五一 | 黒い火　一九五一 |
| 影の空間 | 文芸　六巻七号　一九四九 | 真昼のレモン　一九五四 |
| カバンの中の月夜 | VOU　三六号　一九五二 | 真昼のレモン　一九五四 |
| 白いレトリック | GALA　二年三号　一九五二 | 真昼のレモン　一九五四 |
| 曲線的なアルゴ | 詩学　八巻一号　一九五三 | ガラスの口髭　一九五六 |
| シガレットの秘密 | GALA　三年一号　一九五三 | 真昼のレモン　一九五四 |

| | | | | | |
|---|---|---|---|---|---|
| DE SABLE | VOU | 四三号 | 一九五五 | ガラスの口髭 | 一九五六 |
| 夜のバガテル | VOU | 四六号 | 一九五六 | ガラスの口髭 | 一九五六 |
| 消えていくオブジエ | VOU | 四〇号 | 一九五四 | ガラスの口髭 | 一九五六 |
| 稀薄なヴアイオリン | GALA | 五巻一号 | 一九五五 | ガラスの口髭 | 一九五六 |
| メシアンの煙草 | | | | ガラスの口髭 | 一九五六 |
| 重い仮説 | 机 | 八巻一号 | 一九五七 | | |
| 白い装置 | 詩学 | 一二巻一号 | 一九五七 | 煙の直線 | 一九五九 |
| 煙の形而上学 | 詩学 | 一三巻一号 | 一九五八 | 煙の直線 | 一九五九 |
| 単調な空間 | VOU | 五八号 | 一九五七 | 煙の直線 | 一九五九 |
| optical poem | VOU | 一五二号 | 一九七六 | BLUE | 一九七九 |
| 青い円筒 | VOU | 六五号 | 一九五九 | 空気の箱 | 一九六六 |
| コップの中のドラマ | VOU | 七一号 | 一九五九 | 空気の箱 | 一九六六 |
| portrait of a poet 1 | VOU | 一〇七号 | 一九六六 | moonlight night in a bag | 一九六六 |
| plastic poem | VOU | 一一七号 | 一九六八 | | |
| untitled | | | | Study of man by man | 一九七九 |

| | | | | | |
|---|---|---|---|---|---|
| night of figure | VOU　一四八号 | 一九七五 | Study of man by man | 一九七九 |
| SF | VOU　九八号 | 一九六五 | 白の断片 | 一九七三 |
| funny collection | VOU　一〇三号 | 一九六六 | 白の断片 | 一九七三 |
| un hypnotique | VOU　九九号 | 一九六五 | 白の断片 | 一九七三 |
| BLUE | VOU　一六〇号 | 一九七八 | BLUE | 一九七三 |

| | | |
|---|---|---|
| 口絵 | 「詩と批評」二巻三号挿画 | 一九六七 |
| 挿画 | 「Cendre」二号挿画 | 一九四八 |
| | 「詩世紀」八号表紙画 | 一九六二 |

編註
・各詩集原本を底本とし、詩集未収録作品は初出誌に拠った。あきらかな誤植は訂正した。
・かなづかいは原文通り、漢字は新字体を採用した。

本書は、北園克衛『単調な空間 1949-1978』（二〇一四年、思潮社刊）の新装版です。

単調《たんちょう》な空間《くうかん》　1949–1978　新装版

著者
北園克衛《きたぞのかつえ》　©Sumiko Hashimoto

編者
金澤一志

発行者
小田啓之

発行所
株式会社 思潮社
〒一六二―〇八四二　東京都新宿区市谷砂土原町三―十五
電話〇三（五八〇五）七五〇一（営業）
〇三（三二六七）八一四一（編集）

印刷・製本
三報社印刷株式会社

発行日
二〇二四年六月六日